COLOR BY NUMBER

This book belongs to:

----

1 - RED

7 - LIGHT BLUE

2 - LIGHT PINK

8 - BLUE

3 - PINK

9 - YELLOW

4 - PURPLE

10 - BROWN

5 - LIGHT GREEN

11 - GREY

6 - DARK GREEN

12 - ORANGE

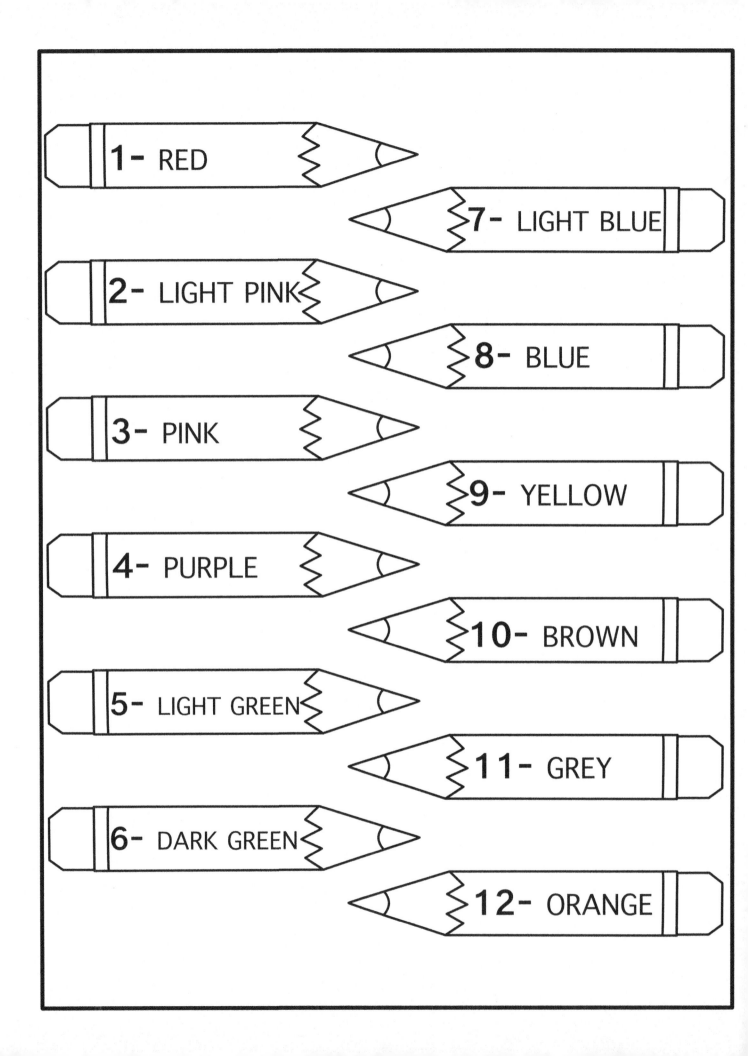

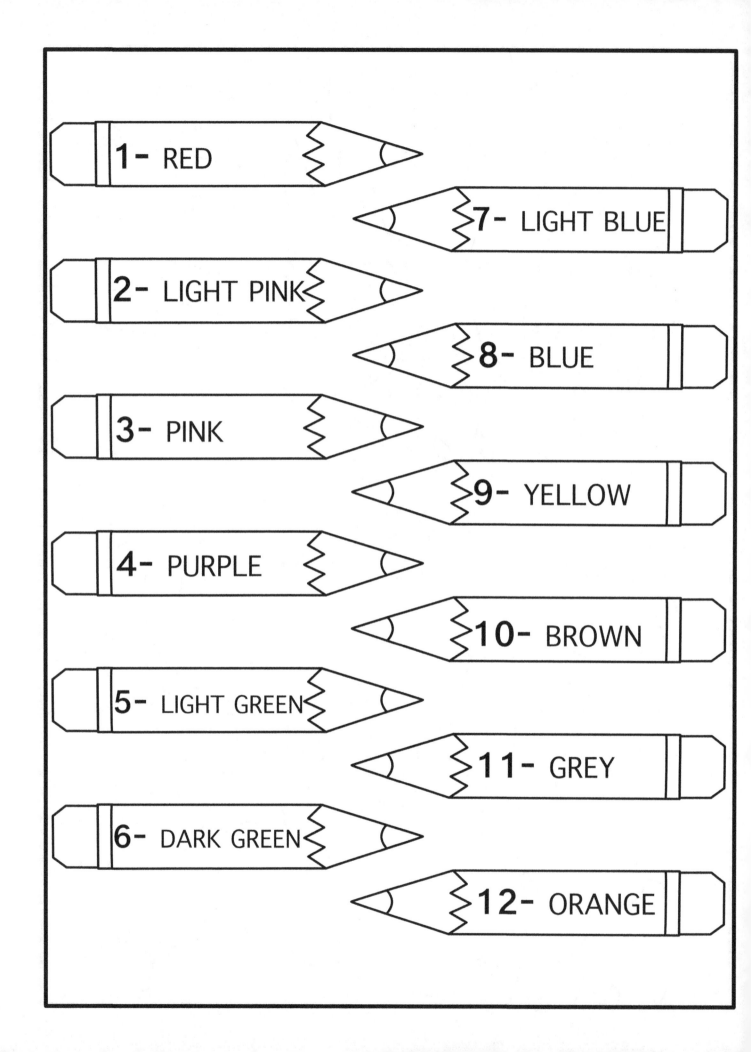

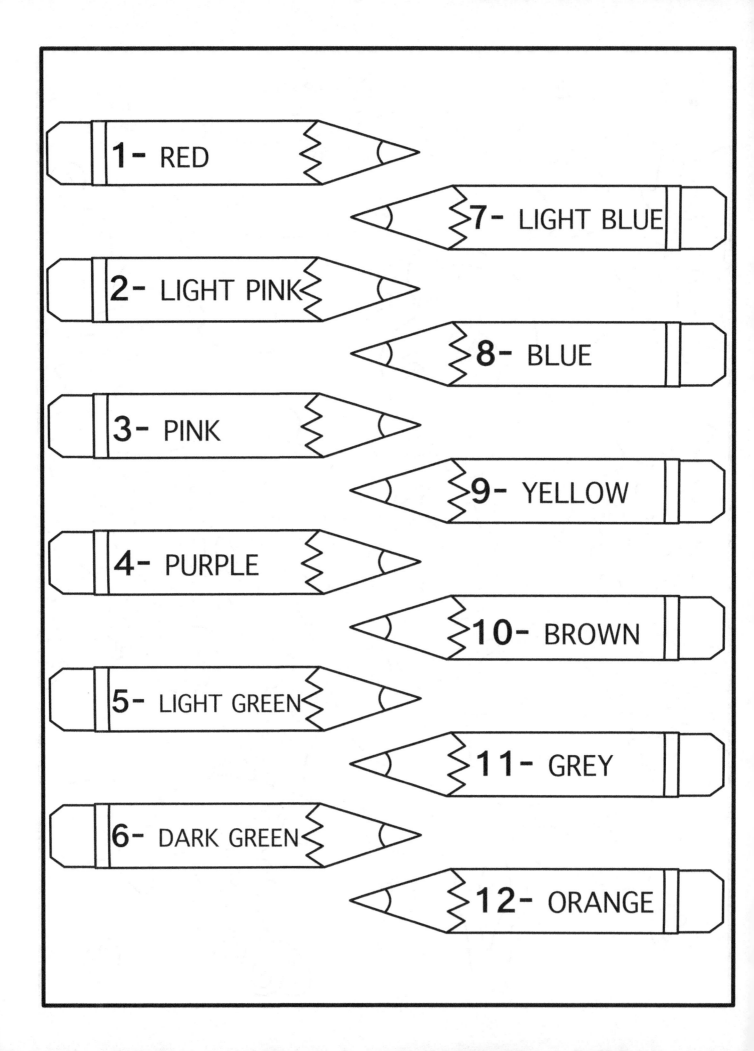

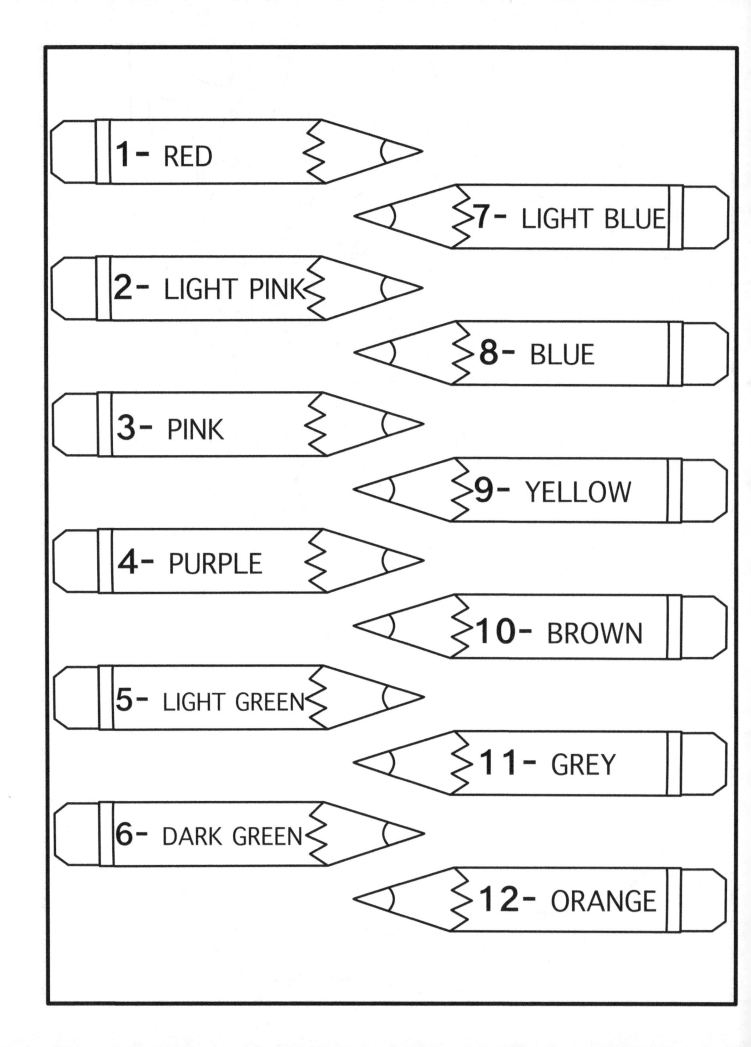

1- RED

7- LIGHT BLUE

2- LIGHT PINK

8- BLUE

3- PINK

9- YELLOW

4- PURPLE

10- BROWN

5- LIGHT GREEN

11- GREY

6- DARK GREEN

12- ORANGE

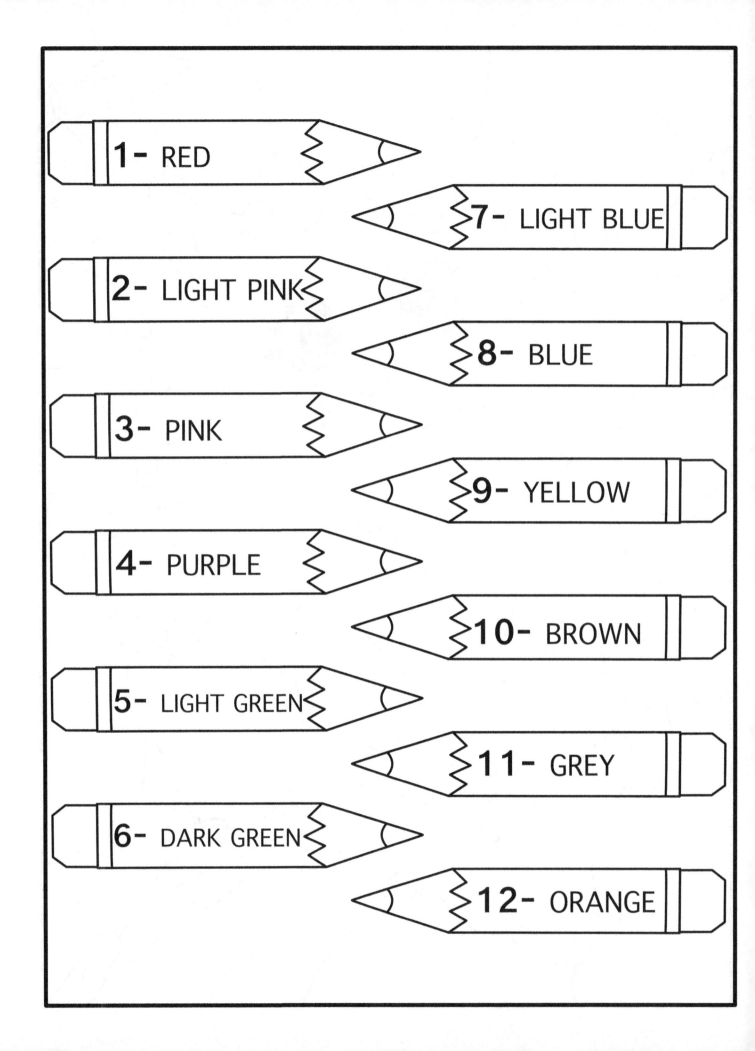

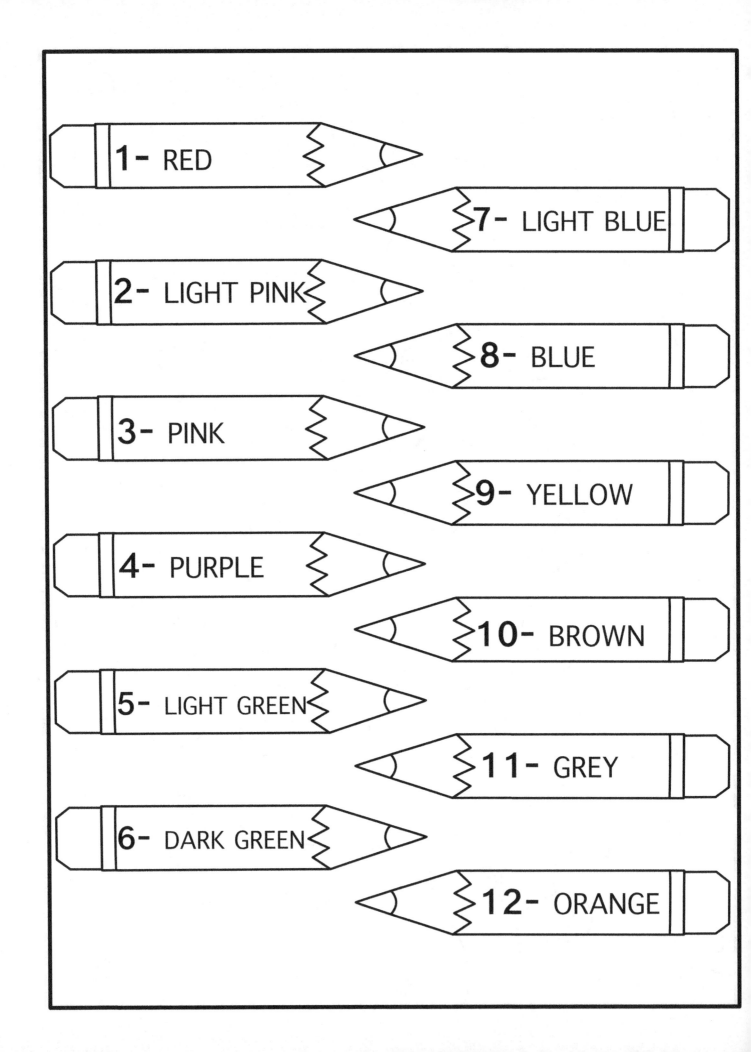

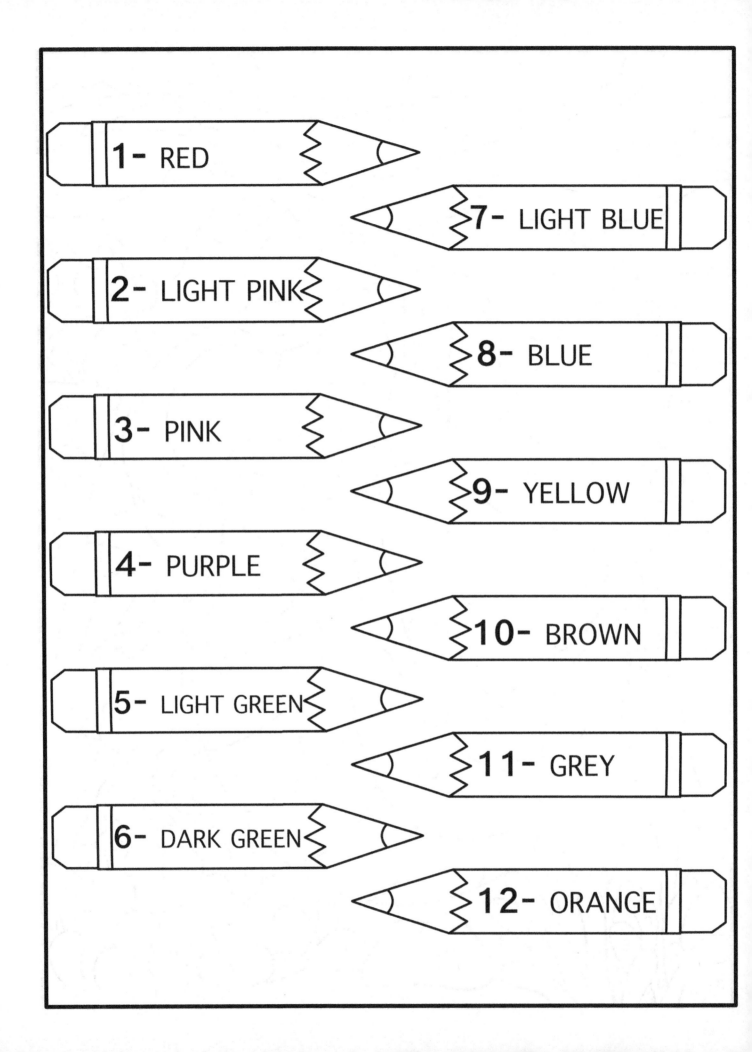

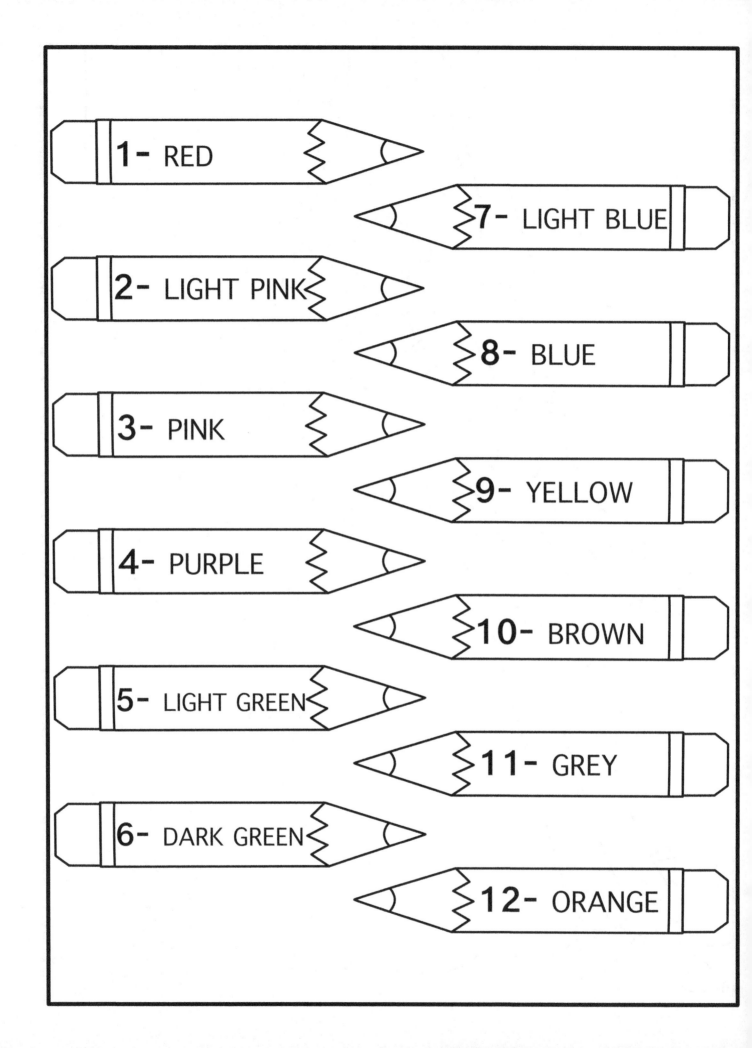

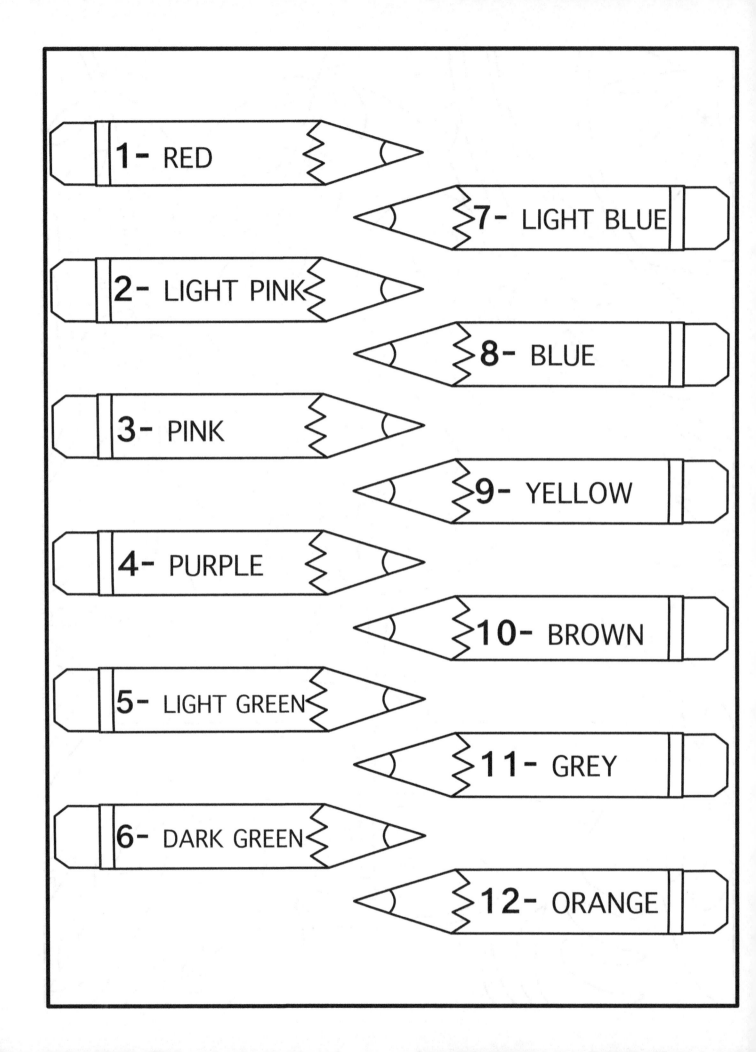

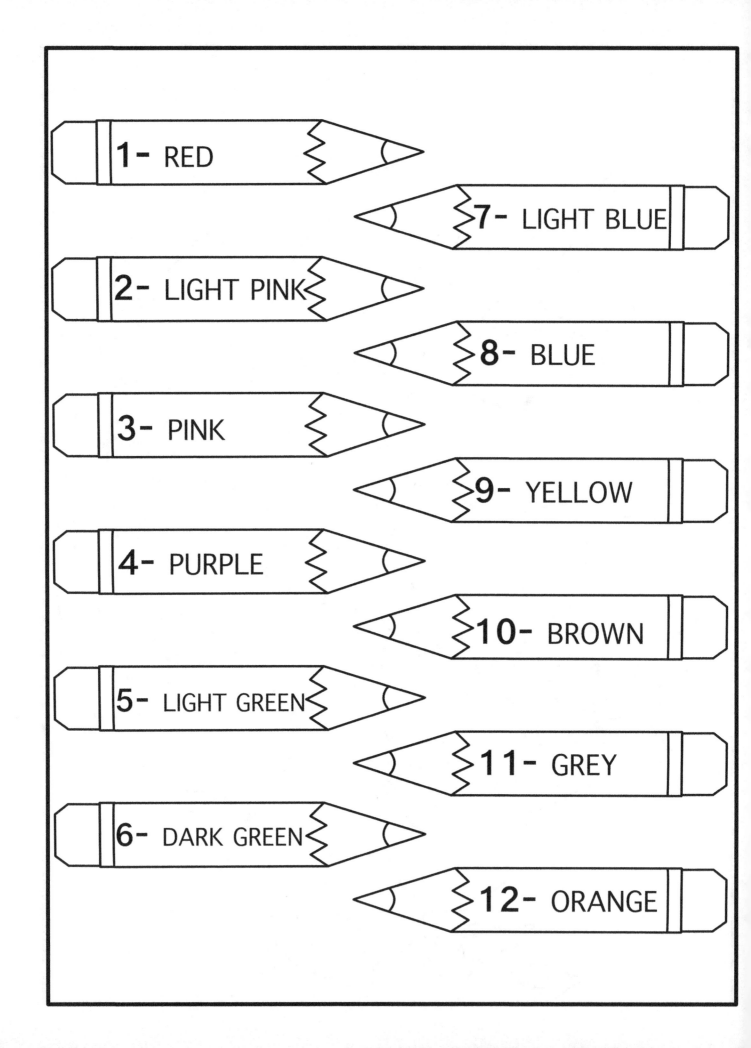

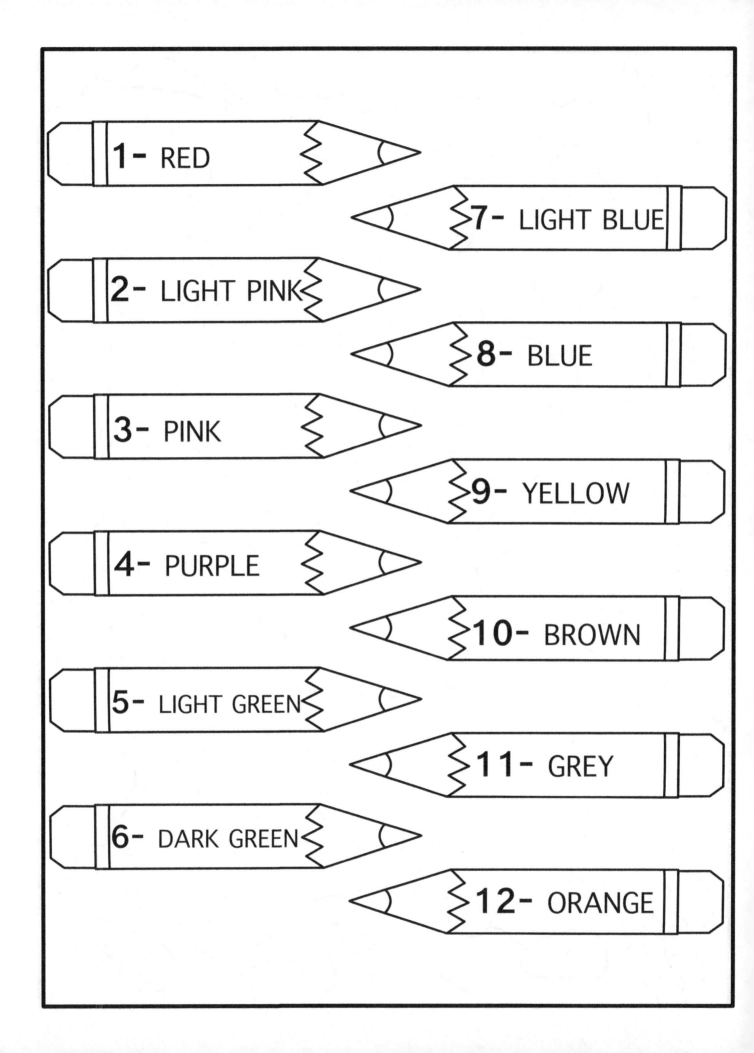

1- RED

7- LIGHT BLUE

2- LIGHT PINK

8- BLUE

3- PINK

9- YELLOW

4- PURPLE

10- BROWN

5- LIGHT GREEN

11- GREY

6- DARK GREEN

12- ORANGE

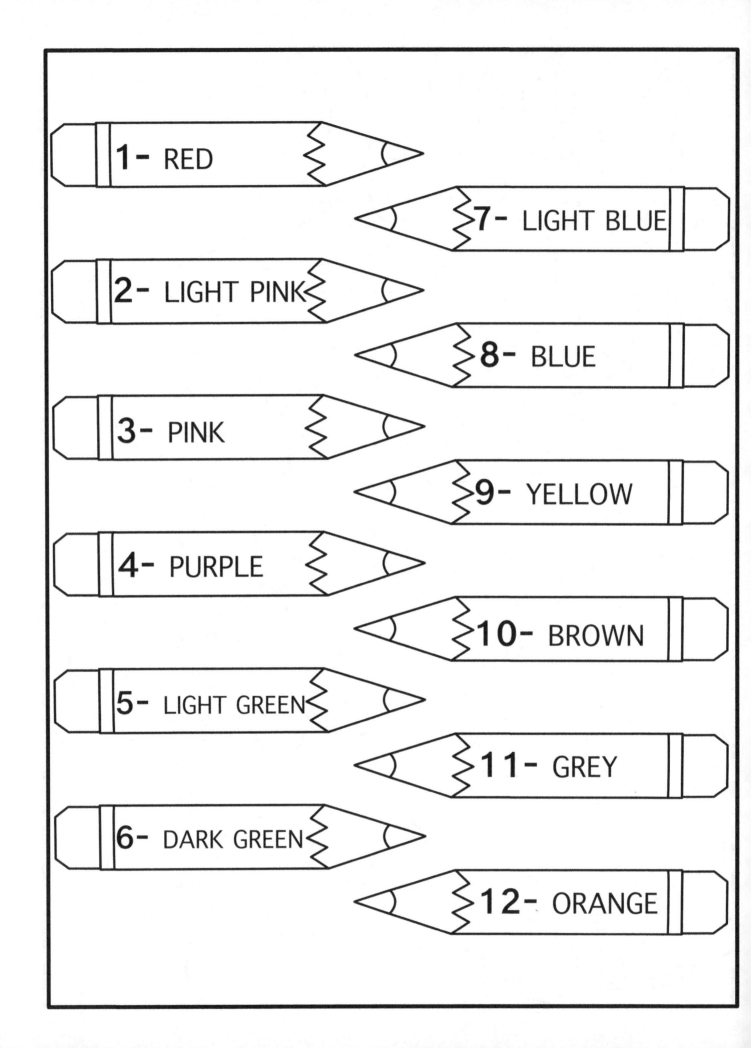

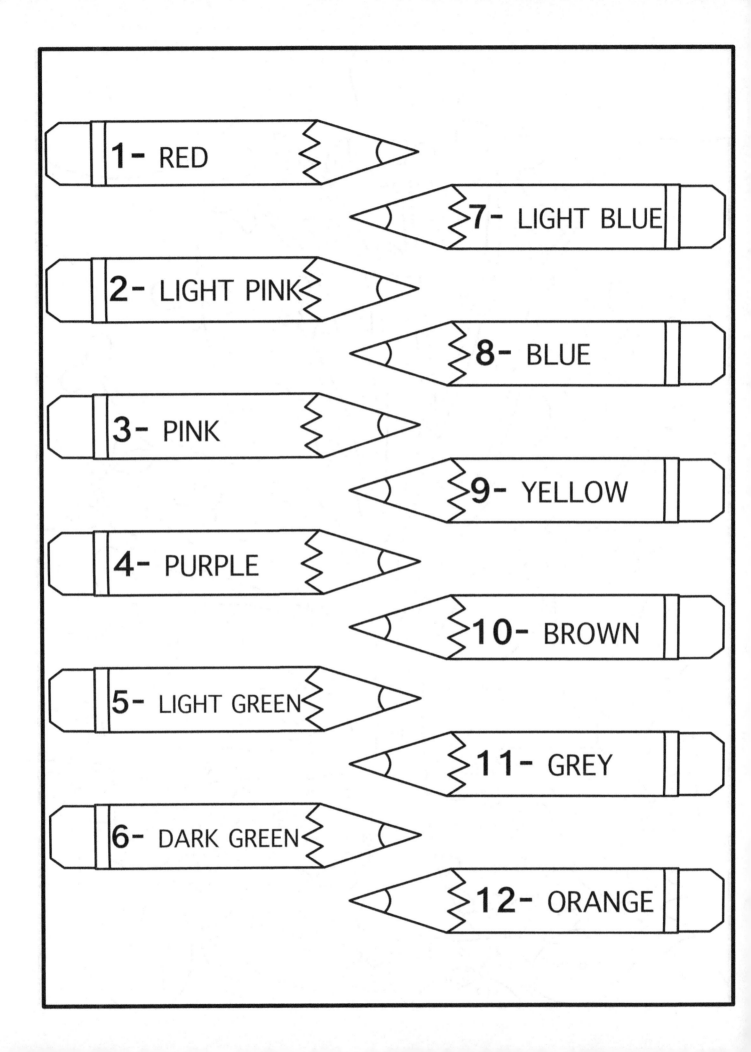

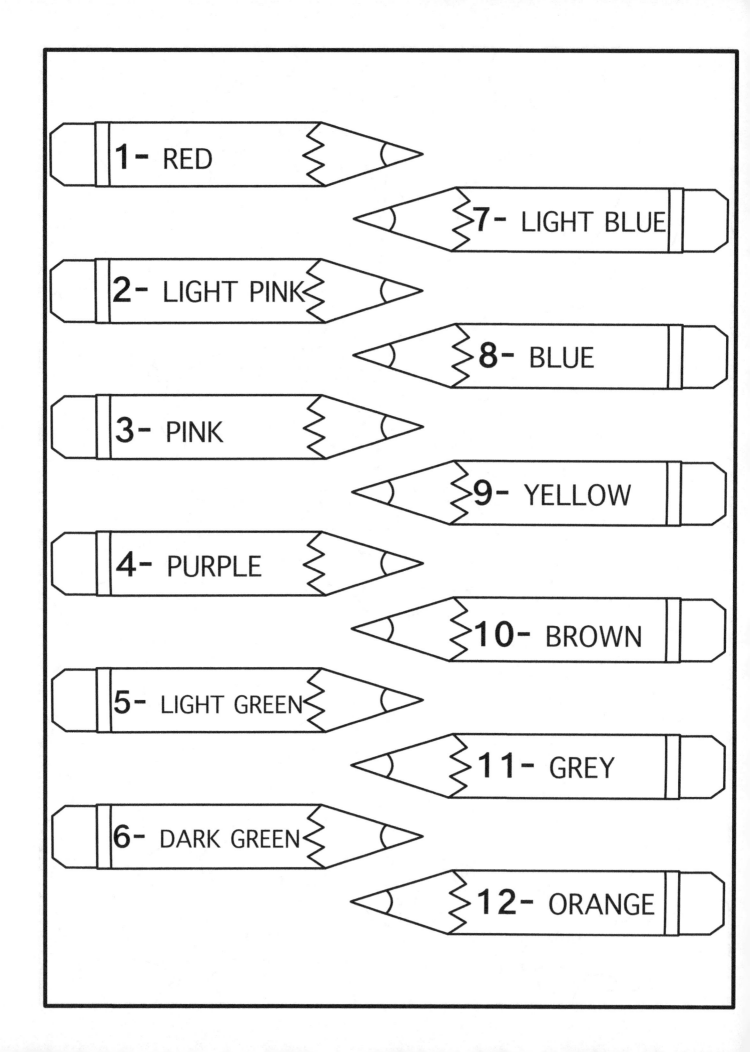

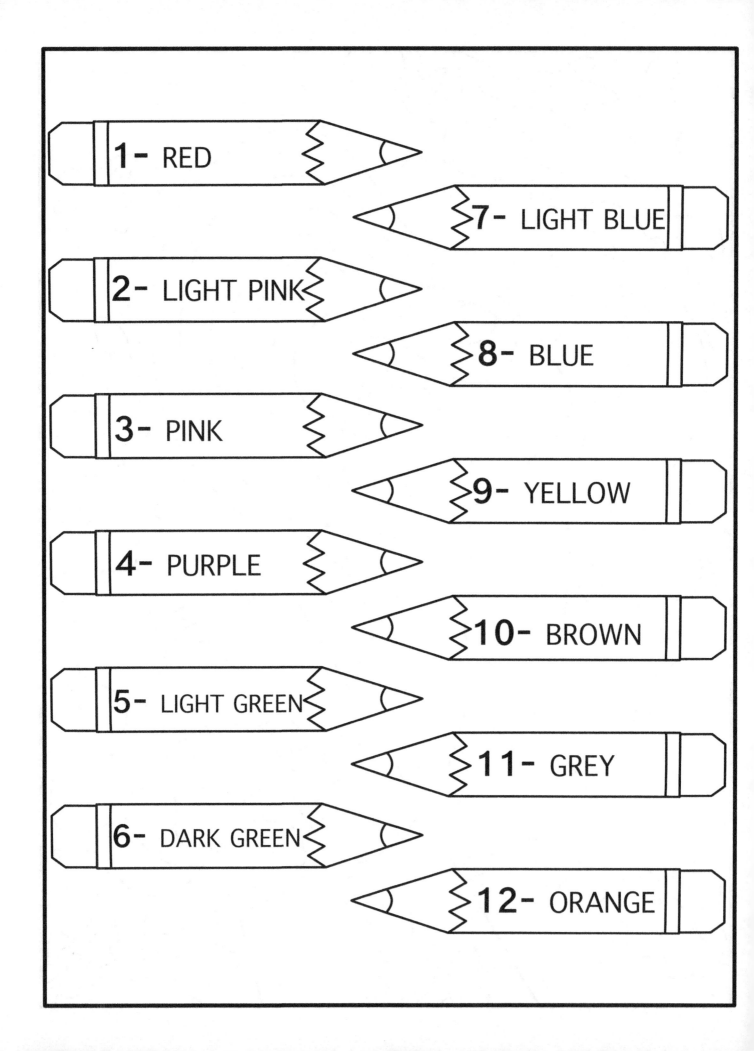

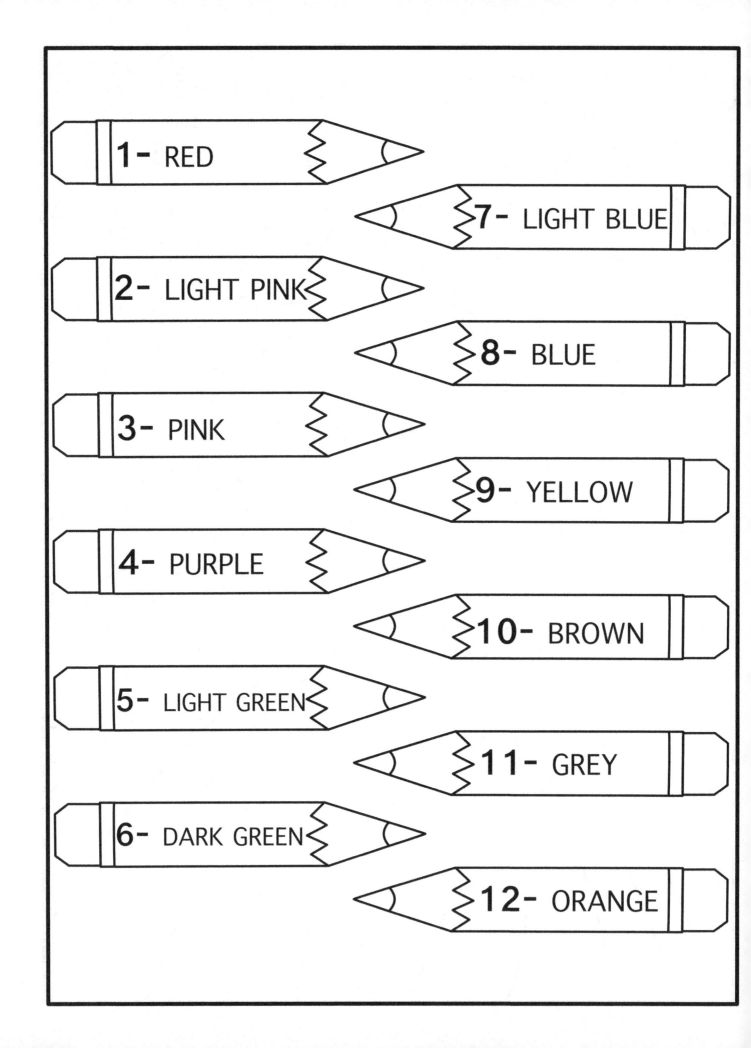

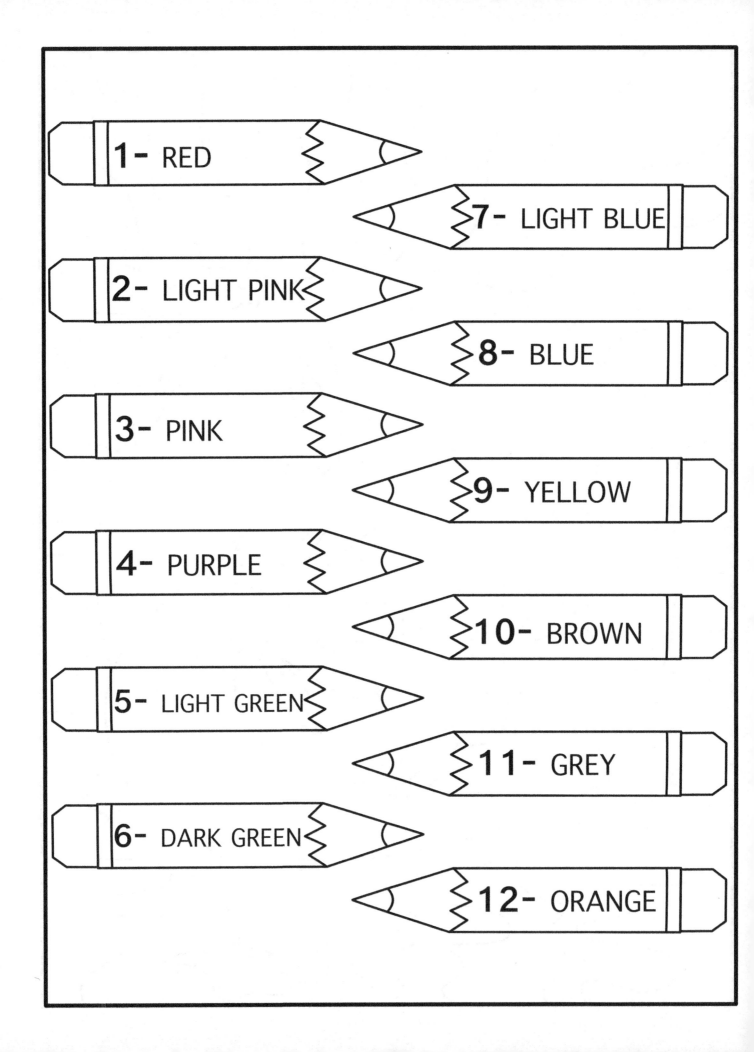

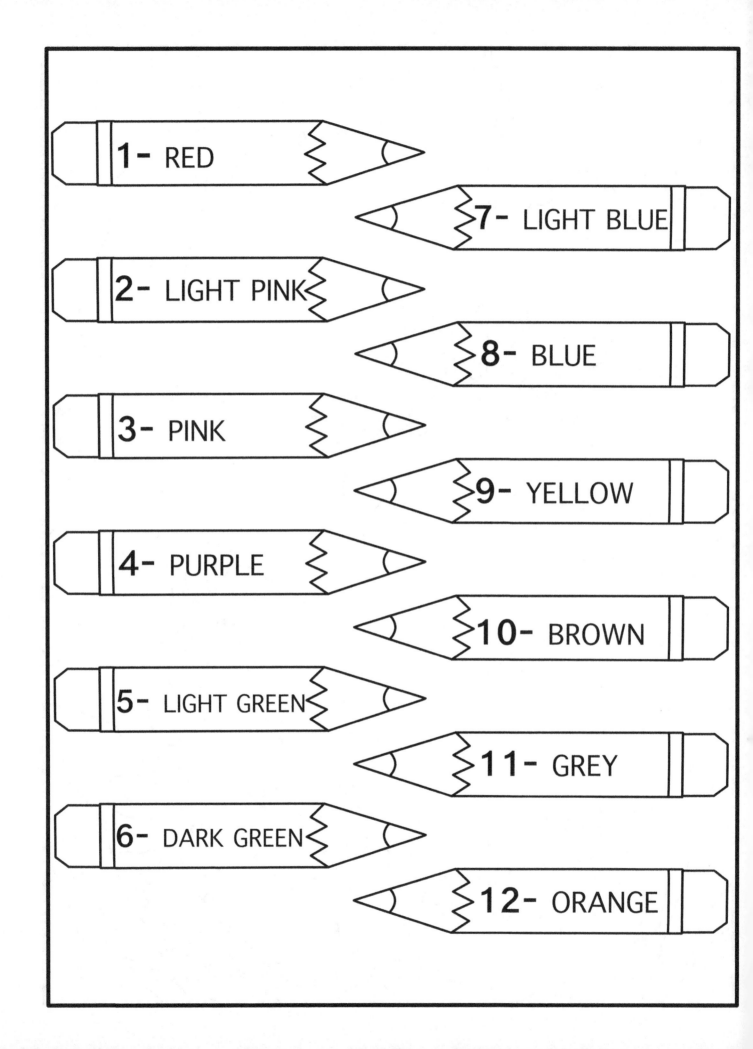

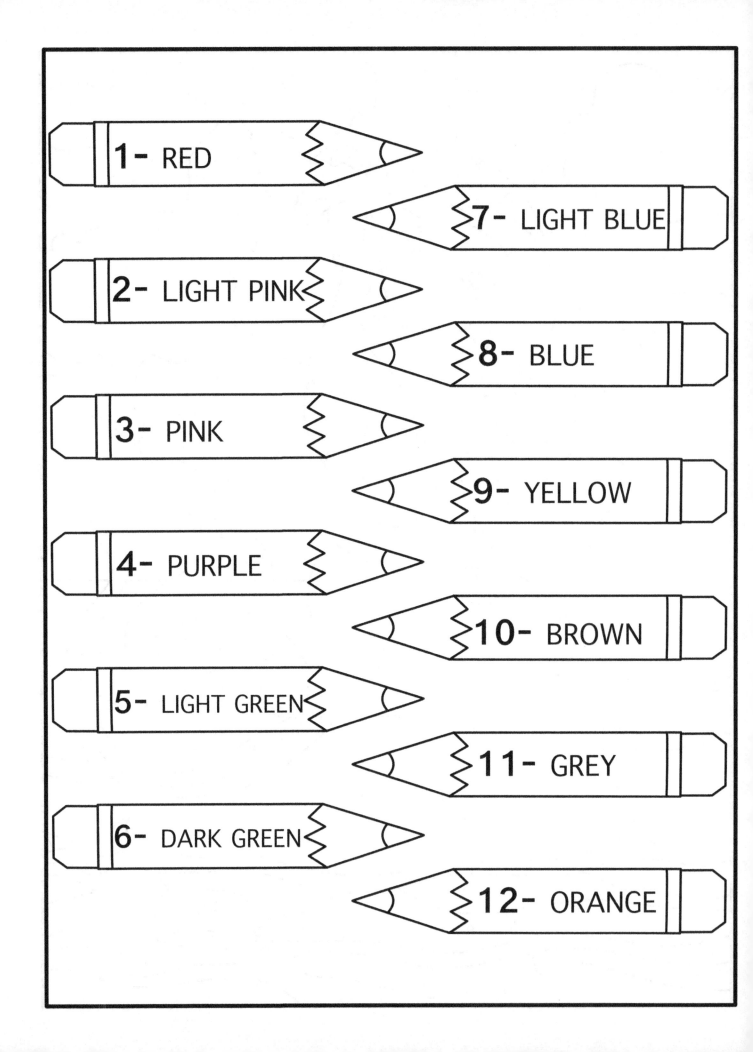

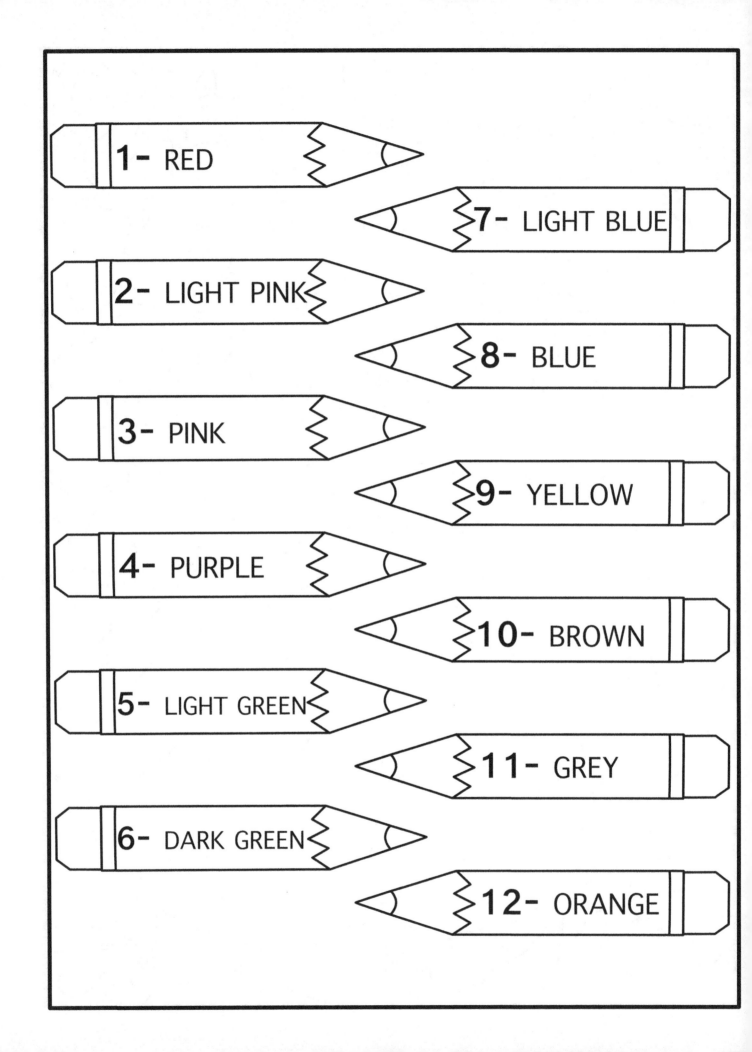

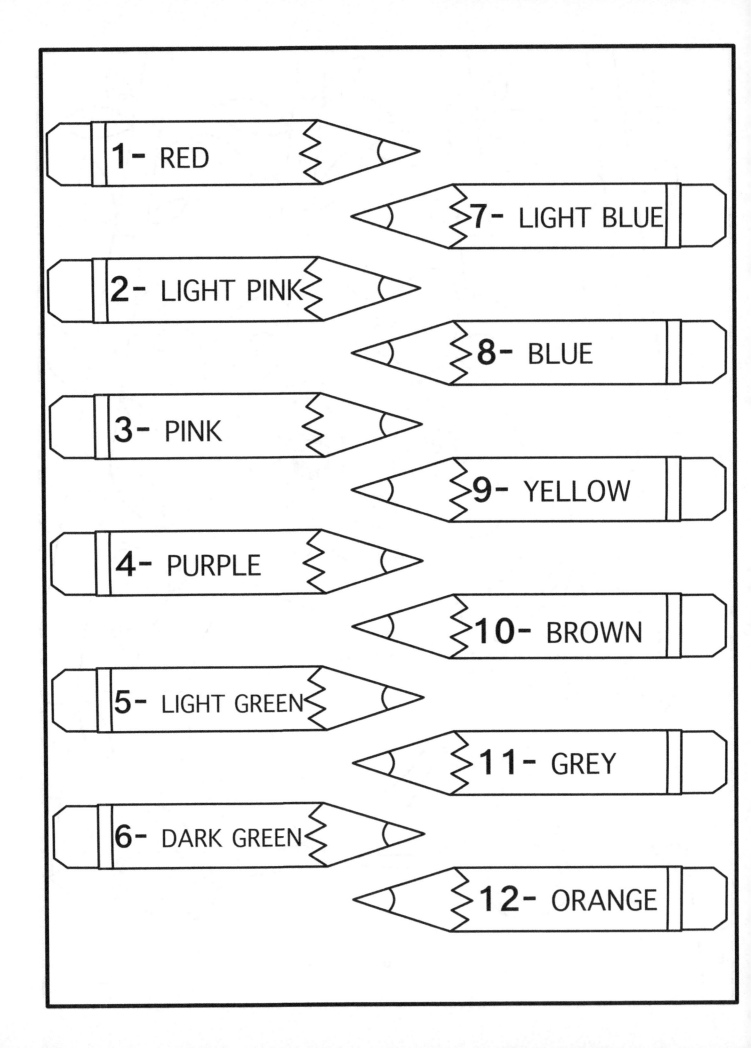

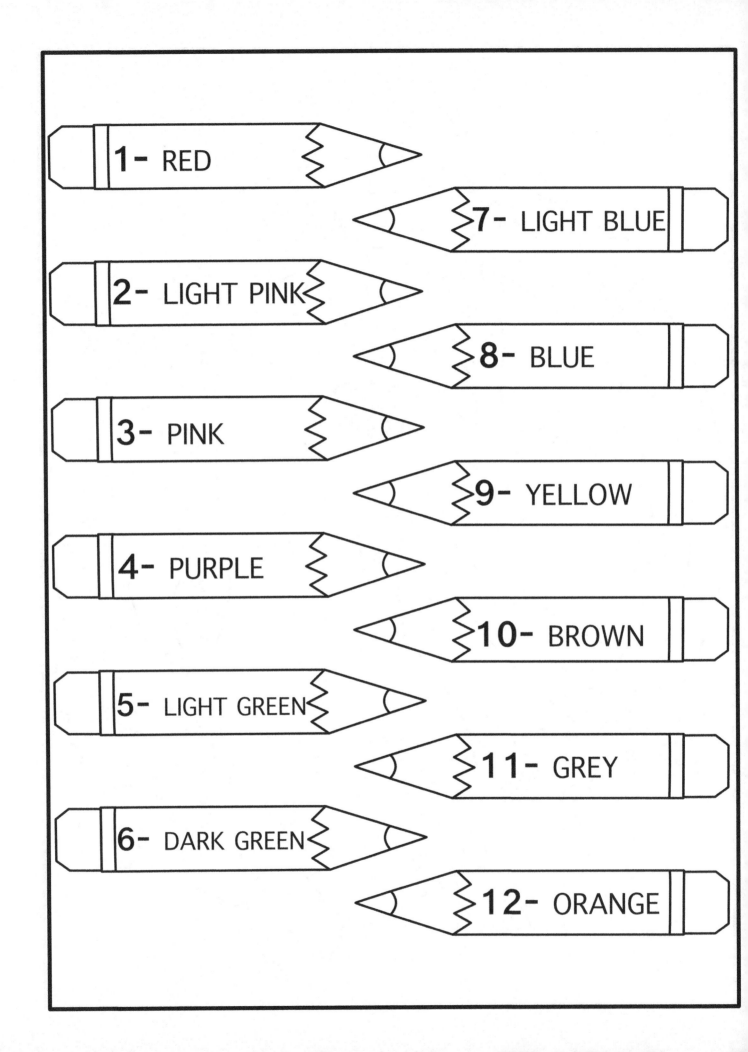

1- RED

7- LIGHT BLUE

2- LIGHT PINK

8- BLUE

3- PINK

9- YELLOW

4- PURPLE

10- BROWN

5- LIGHT GREEN

11- GREY

6- DARK GREEN

12- ORANGE

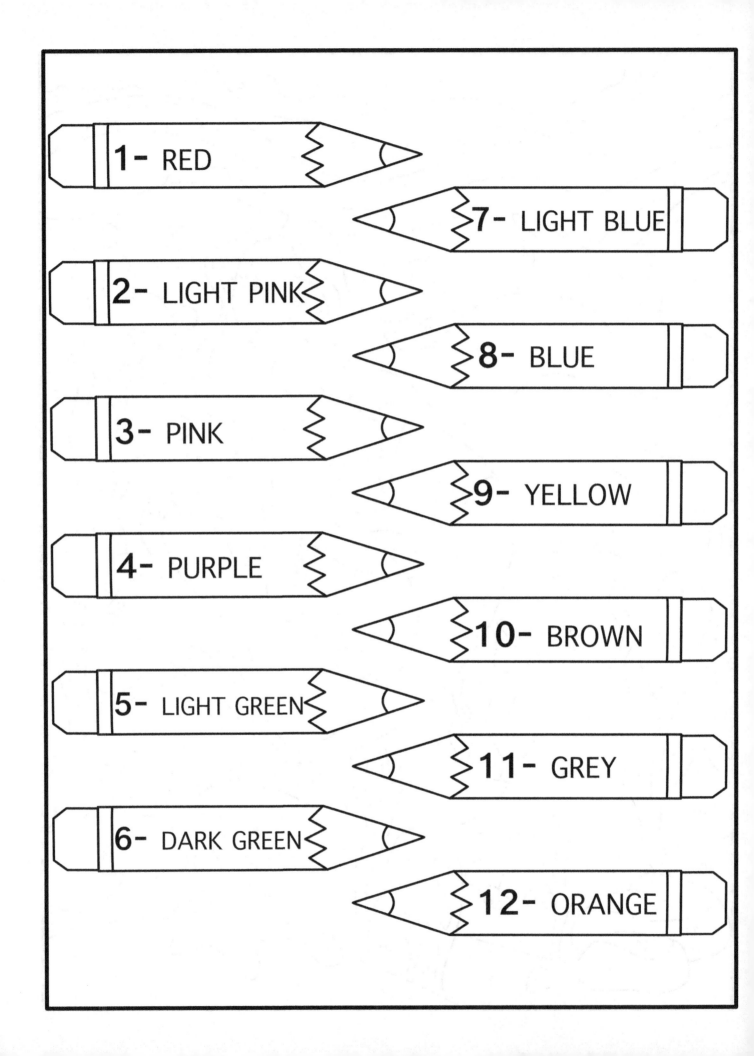

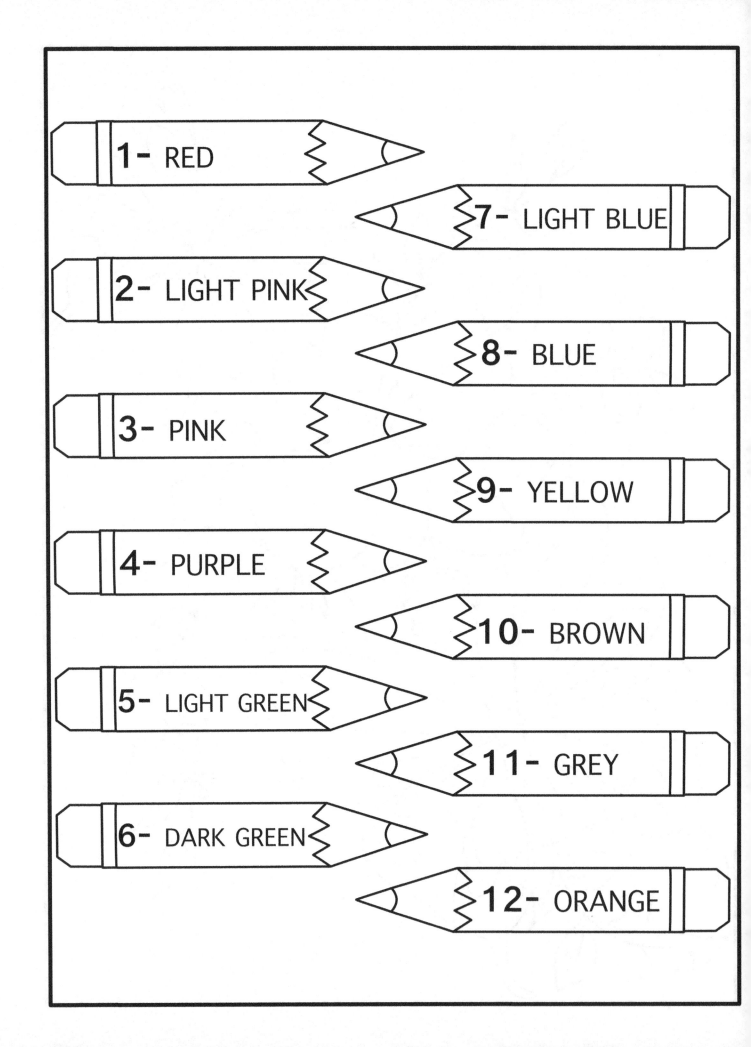

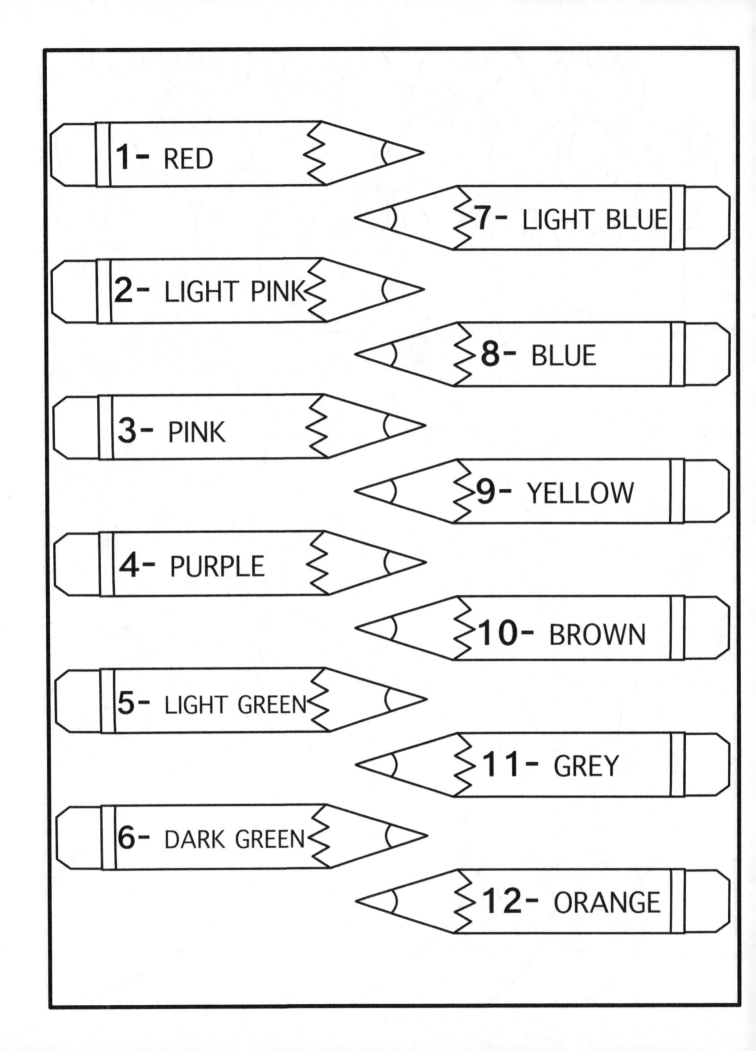

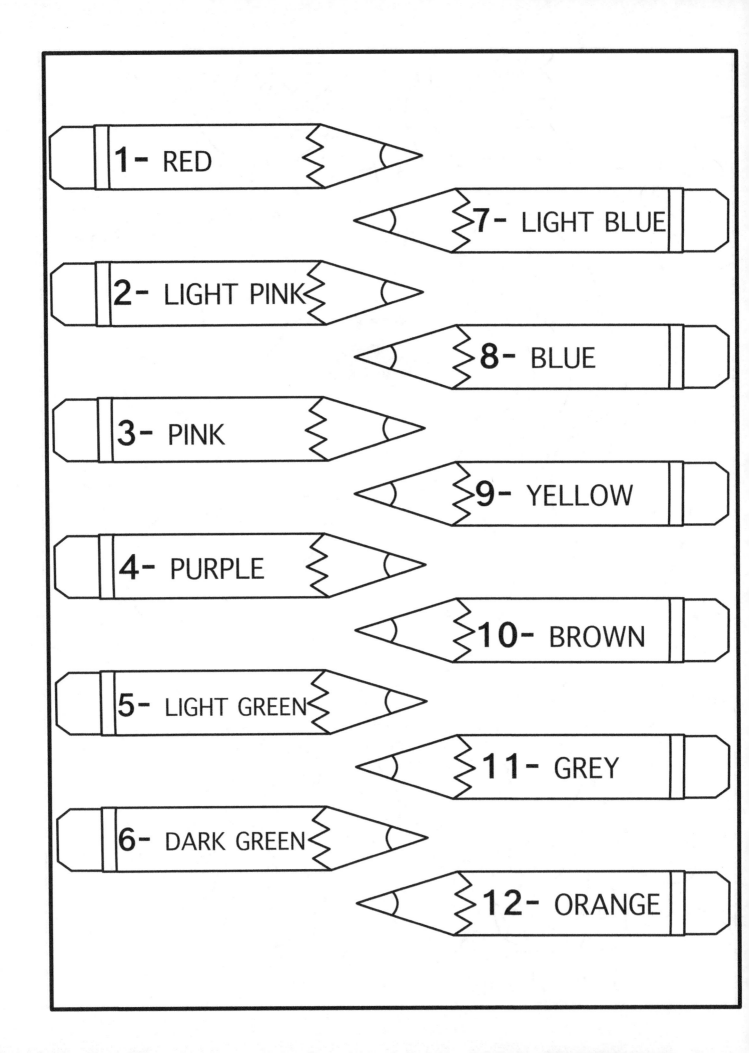

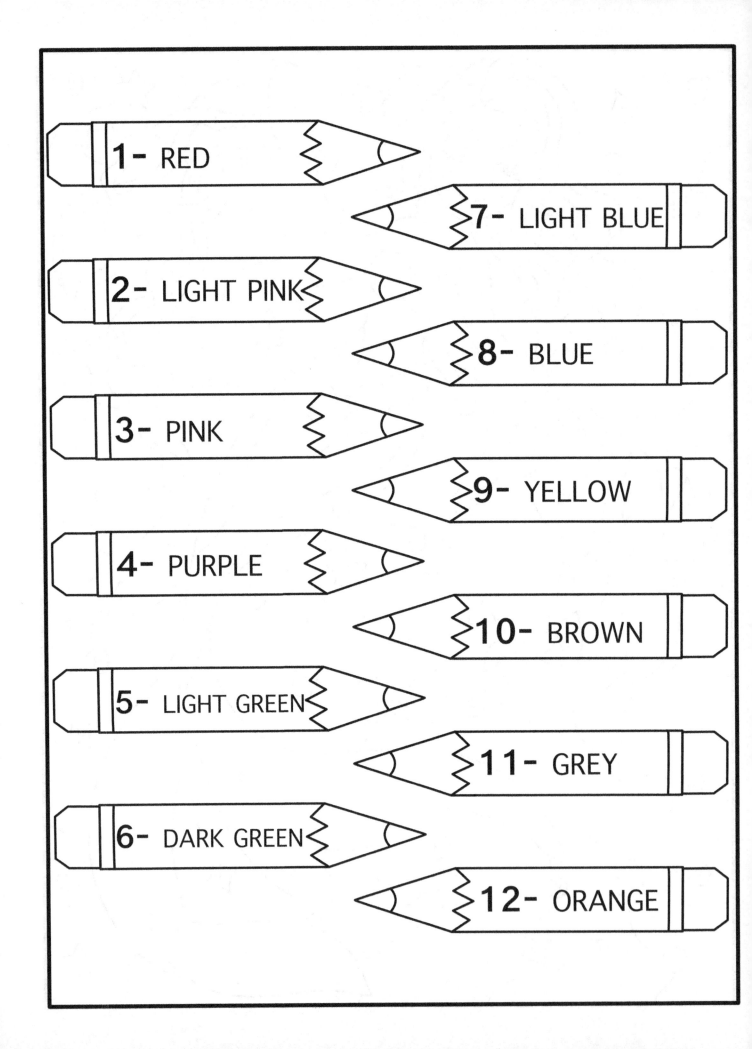

1- RED

7- LIGHT BLUE

2- LIGHT PINK

8- BLUE

3- PINK

9- YELLOW

4- PURPLE

10- BROWN

5- LIGHT GREEN

11- GREY

6- DARK GREEN

12- ORANGE

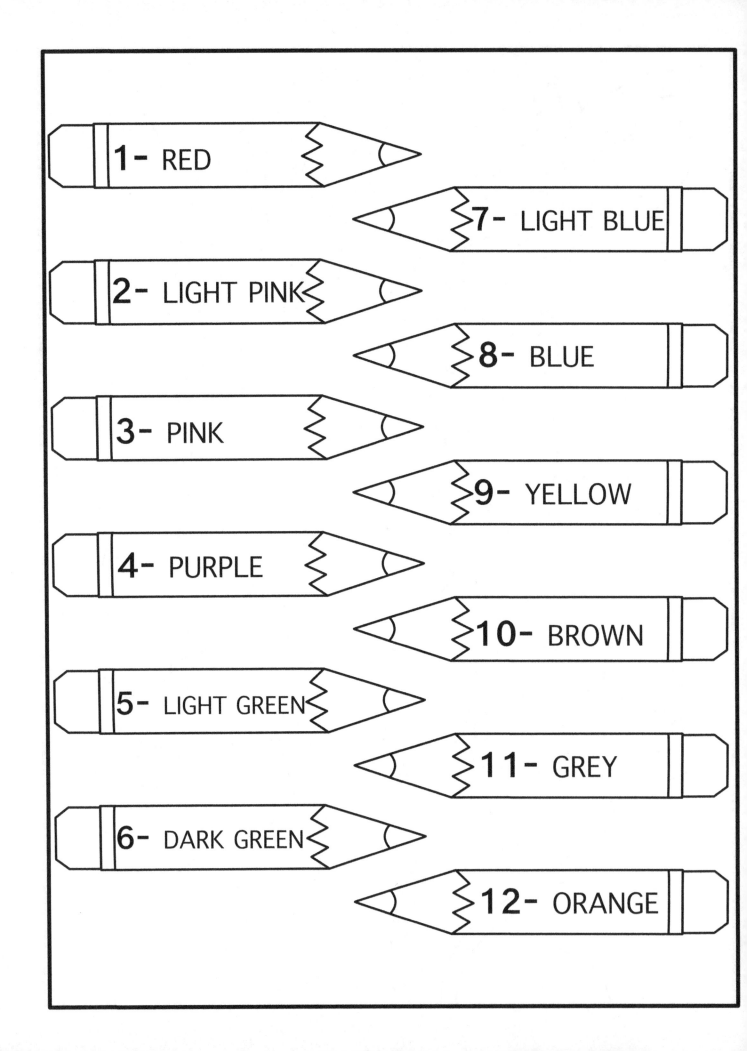

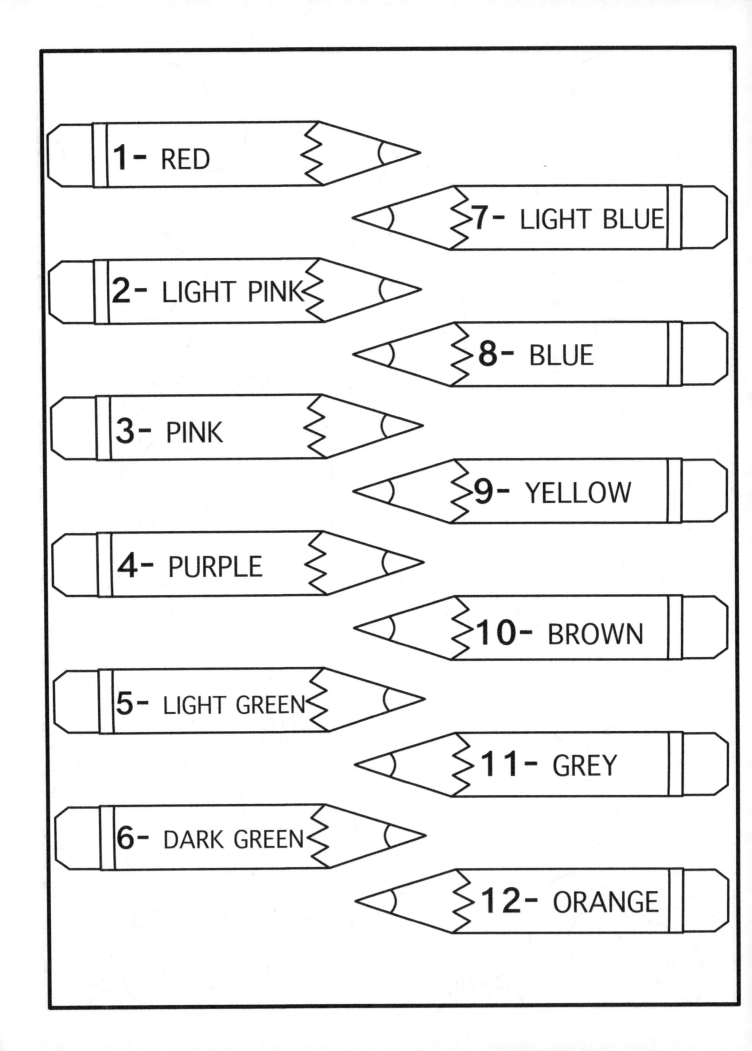

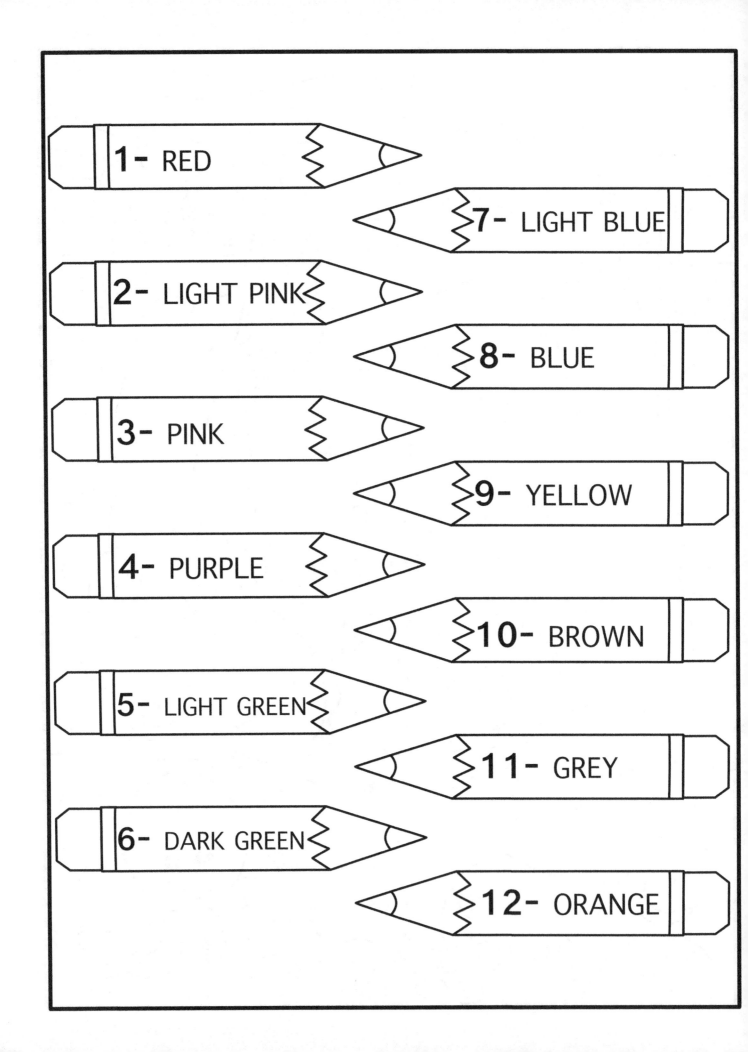

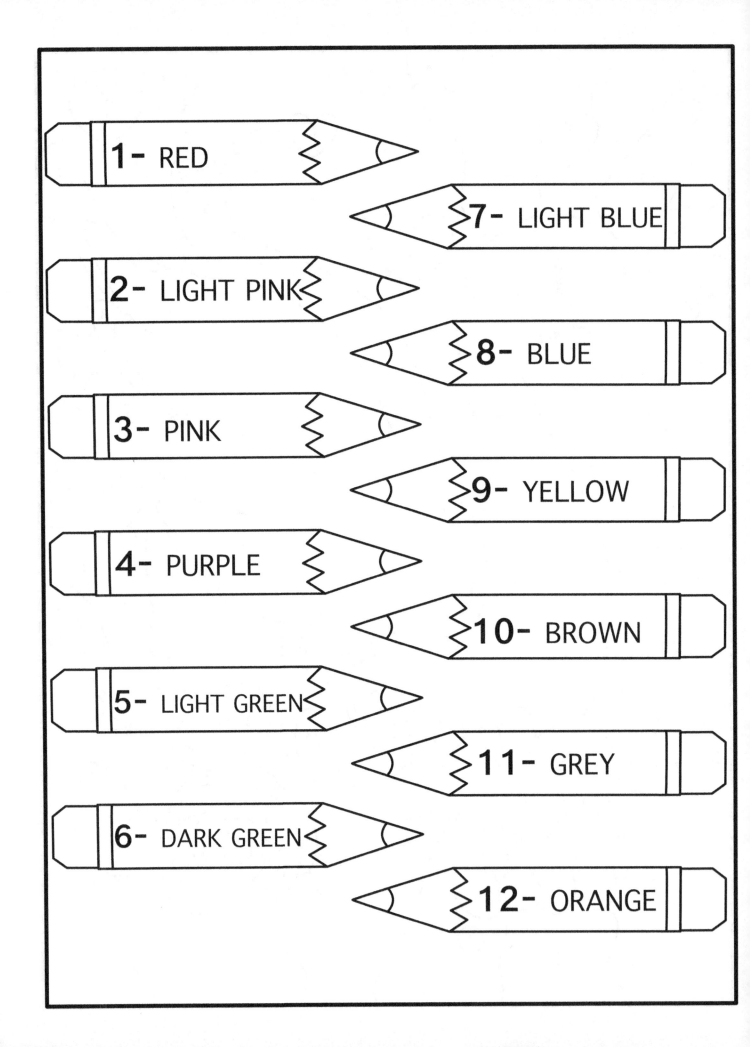

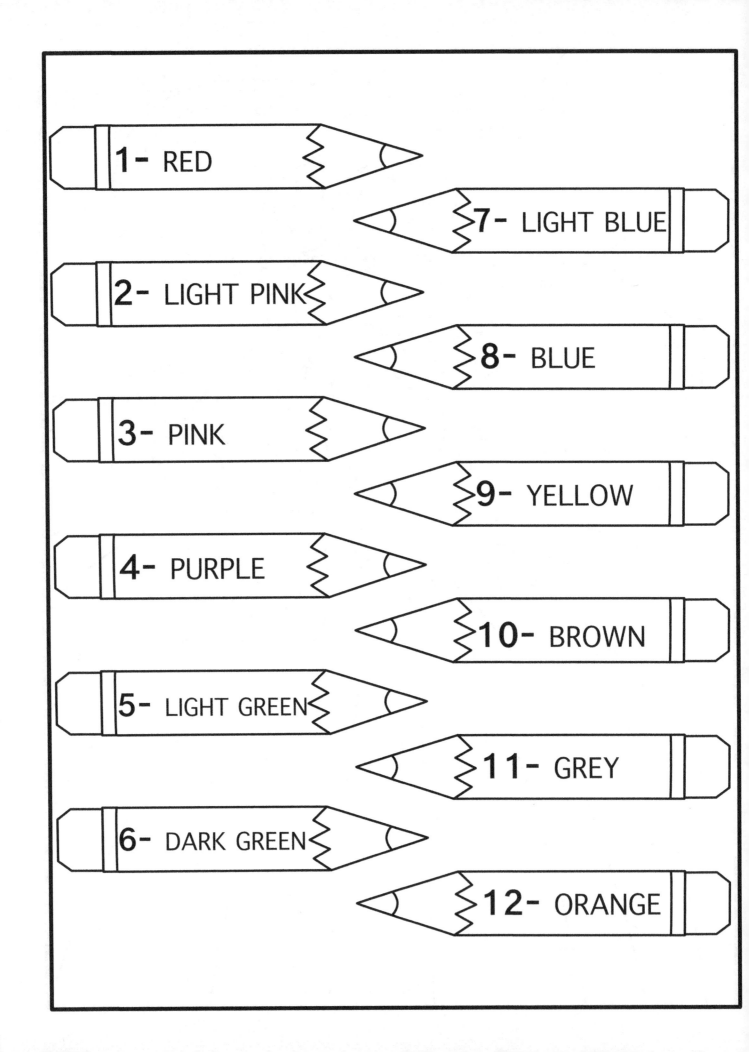

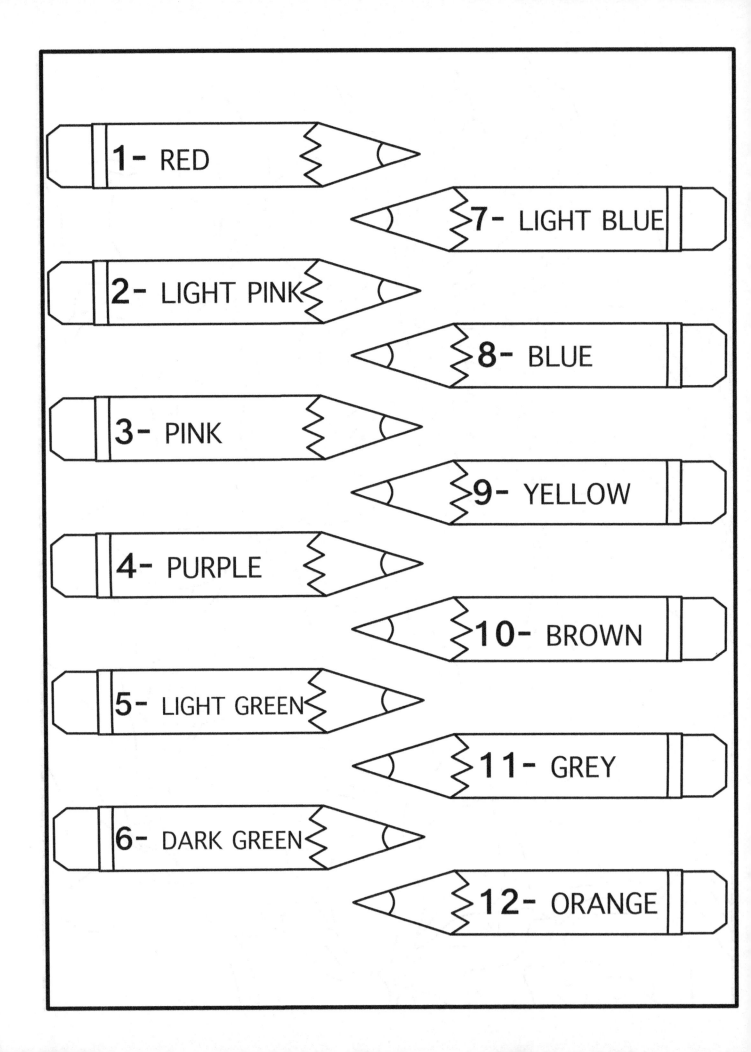

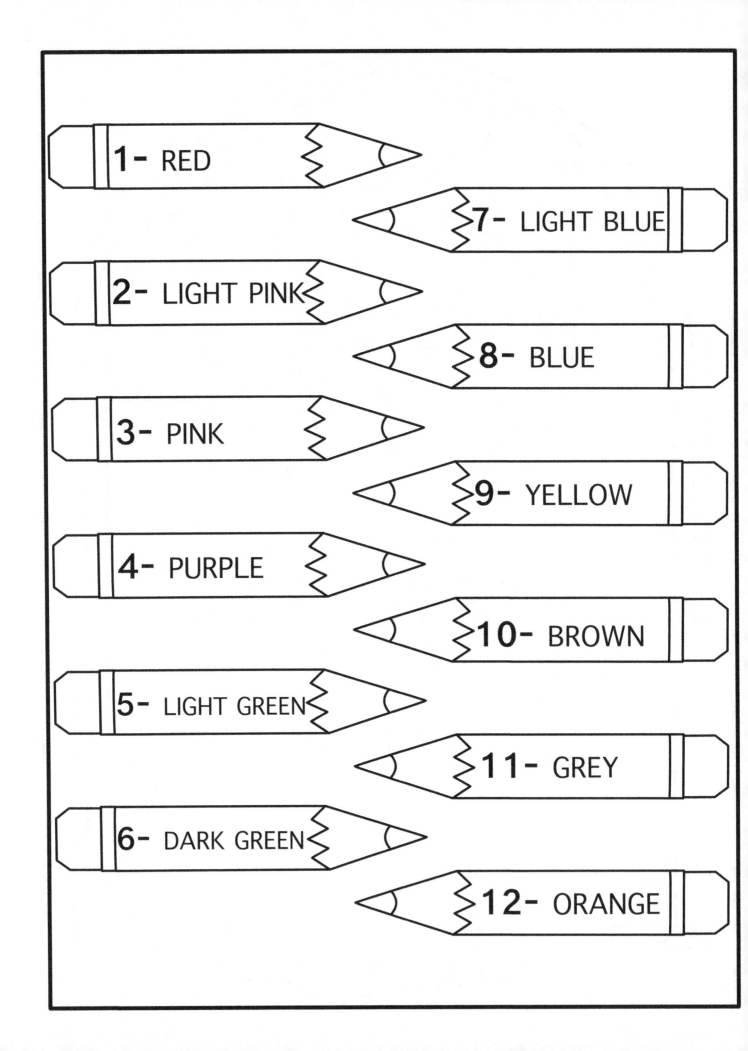

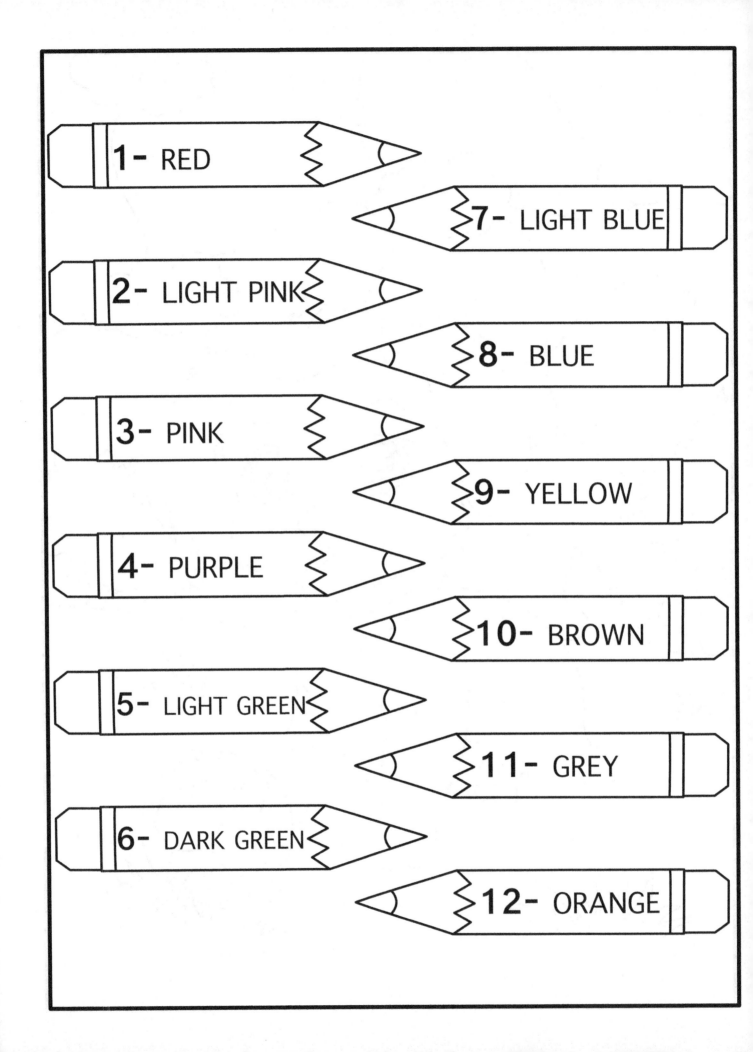